教孩子唱学
乐府
常青藤爸爸·编著
北方联合出版传媒(集团)股份有限公司
万卷出版公司

图书在版编目（CIP）数据

教孩子唱学乐府 / 常青藤爸爸编著. -- 沈阳 : 万卷出版公司， 2022.5
ISBN 978-7-5470-5915-9

Ⅰ. ①教… Ⅱ. ①常… Ⅲ. ①乐府诗－诗歌欣赏－中国－古代－儿童读物 Ⅳ. ①I207.226-49

中国版本图书馆CIP数据核字(2022)第004067号

出版发行：北方联合出版传媒（集团）股份有限公司
万卷出版公司
（地址：沈阳市和平区十一纬路25号 邮编：110003）
印 刷 者：天宇万达印刷有限公司
经 销 者：全国新华书店
幅面尺寸：214mm × 190mm
字 数：65千字
印 张：9
出版时间：2022年5月第1版
印刷时间：2022年5月第1次印刷
责任编辑：齐丽丽
责任校对：佟可竟
策 划：花石匠
特约编辑：姚 兰 刘学琴
曲谱监制：樊文婷 五 月
儿歌编曲：樊文婷 陆泰名 夏国兴 王潇然
演 唱：李姝娴 宋佳霖 谷子骏 五 月 夏国兴
插 图：酒酿木子不加酒 点奥文化
封面设计：言 成
版式设计：崔 旭
ISBN 978-7-5470-5915-9
定 价：42.80元
联系电话：024-23284090
传 真：024-23284448

序言

“乐府”原本是古代设立的音乐官署，它的主要任务是采集各地民间诗歌和乐曲，以备朝廷祭祀或宴会时演唱之用。后来，人们把这些民歌称为“乐府诗”或“乐府”。在汉乐府民歌的滋养下，后世文人创作了大量乐府诗，是杰出的现实主义诗作。这样经典且具有文学价值的作品，当然要让孩子们学起来。

因为乐府诗的数量非常庞大，所以在摘选时，我们依据北宋郭茂倩所编的《乐府诗集》的分类方法，摘录了二十首特征鲜明的乐府诗，涵盖了“相和歌辞”“横吹曲辞”“鼓吹曲辞”“杂歌谣辞”“新乐府辞”等，共十类。每个品类里都选取了一些极具代表性的诗歌，比如“相和歌辞”里的《江南》《蜀道难》，“新乐府辞”里的《静夜思》《卖炭翁》等。对于一些篇幅较长的诗歌，我们根据孩子的学习能力和接受程度，进行了节选。比如，《春江花月夜》这首诗，本书中节选了“春江潮水连海平，海上明月共潮生。滟滟随波千万里，何处春江无月明”四句，以激发孩子们的学习兴趣，达到初步启蒙的目的。

在诗歌赏析上，我们使用通俗易懂、生动清新的语言，并尽量还原诗歌所传递的场景感。这种赏析方

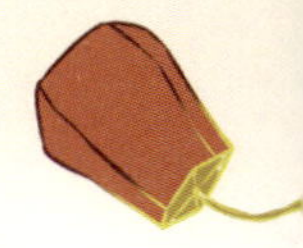

式既把诗歌本身所蕴含的思想情感忠实地传递了出来，又契合了乐府诗本身的语言特征。

在乐府中，“诗”与“乐”是不分家的，所以在选编之时，青年作曲家、常青藤爸爸的音乐总监樊文婷老师专门为这二十首诗歌谱曲，并请明星小歌手演唱。另外，还录制了二十个亲子故事供大家互动。全部儿歌和亲子故事扫书中的二维码就可以畅听。

做了这么多唱学系列的书籍，最后想对大家说：一路走来，感谢陪伴。我们会继续努力，用古典与现代相结合的方式，将普及国学与蒙学这件事做得更好！

常青藤爸爸

目录

静夜思

〔唐〕李白

床前明月光，疑是地上霜。
举头望明月，低头思故乡。

注释 ◎明：一作“看”。◎疑：怀疑；以为。◎举头：抬头。举，抬。◎明：一作“山”。

诗歌赏析

这首诗收录在《乐府诗集》的“新乐府辞”里，据说是李白二十六岁时在扬州一家旅店有感而作。

明月透过窗户在床前洒下一地银白，乍一看以为是凝结的寒霜。我抬头望着悬挂在天上的月亮，不禁低头沉思，想起遥远的故乡。

这首小诗记录了诗人秋夜望月时的所感所想，构思简洁，语言清新朴素，感情真挚，道出了很多异乡客的心声。

作曲赏析

这首歌曲采用无前奏设计，直接将听众带入淡淡的乡愁氛围中，随后用洞箫和扬琴两种乐器伴奏。洞箫的音色圆润、轻柔、幽静，将夜深人静时诗人的思乡之情巧妙自然地烘托出来。扬琴开始时是四分音符一弹一顿，后面是八分音符的分解和弦，其所抒发的思乡之情也随之越来越浓。

静夜思

〔唐〕李　白　词
樊文婷　曲

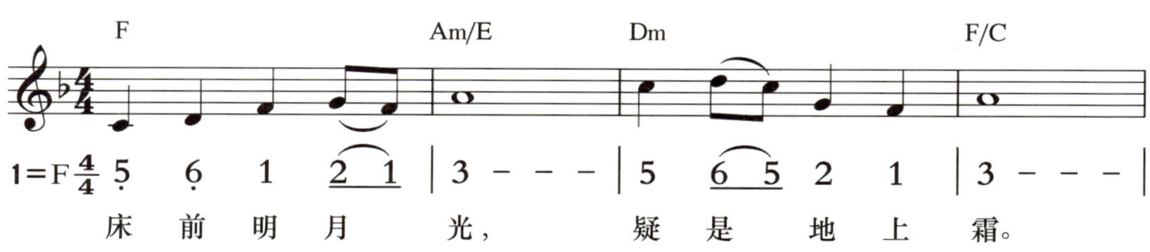

江南

汉乐府

江南可采莲，莲叶何田田。鱼戏莲叶间。

鱼戏莲叶东，鱼戏莲叶西，鱼戏莲叶南，鱼戏莲叶北。

注释 ◎何：多么。◎田田：荷叶茂密相连的样子。

诗歌赏析

这首诗收录在《乐府诗集》的“相和歌辞”里。

江南采莲的季节又到了，那绿油油的莲叶多么繁盛。鱼儿在莲叶中间游来游去，嬉戏玩耍，一会儿在东边，一会儿游到了西边，一会儿在南边，一会儿又出现在北边，仿佛在与采莲的人捉迷藏。

这首采莲歌用一唱四和的形式生动形象地勾勒出了一幅江南夏日采莲图。全诗对于采莲人的愉快心情不着一字，而是通过对莲叶和鱼儿嬉戏的描绘来透露，非常巧妙。

作曲赏析

这是一首节奏明快的民间歌曲，以扬琴配乐为主。明朝末期，扬琴从波斯（今中亚一带）传入，多用于广东音乐、江南丝竹、戏曲的伴奏乐队中，后形成多种流派，成为中国民族乐队中必不可少的乐器。扬琴是通过击弦发声的乐器，表现力极为丰富，既可以独奏、合奏，又可以为琴书、说唱和戏曲伴奏，在中国民族乐队中经常充当“钢琴伴奏”的角色。

江南

汉乐府

樊文婷　曲

Em
Am
Bm
Em
1=G 4/4
江南可采莲，莲叶何田田。鱼戏莲叶间。

Em
Em
Am
Em
Am
Am
Em
鱼戏莲叶东，鱼戏莲叶西，鱼戏莲叶南，鱼戏莲叶北。

忆江南[◎]

〔唐〕白居易

江南好，风景旧曾谙[◎]。
日出江花红胜火，春来江水绿如蓝[◎]。
能不忆江南？

注释 ◎忆江南：词牌名。原题下有三首，这里是其中第一首。◎谙（ān）：熟悉。◎蓝：一种草本植物，叶蓝绿色，可提取青蓝色染料。

诗歌赏析

这首《忆江南》收录在《乐府诗集》的“近代曲辞”里。

白居易曾在江南居住，对江南有着深厚的感情。江南的山寺、江潮、朋友和美酒在他的脑海中留下了永生不忘的美好回忆，暮年之时回忆起自己在江南的那段时光，白居易不由得心向往之，于是写下了著名的《忆江南》。

江南真是个好地方，我对江南的风景是如此熟悉。当红日高照时，江边的红花被照耀得比火焰还红。春天来临，江水在阳光的照耀下明净澄澈，犹如用蓝草染过的一般。这样的江南怎能不让人怀念呢?

作曲赏析

扬琴的一串下行琶音开启了这首江南赞歌。古筝的揉弦配合灵动的水声，让听众仿佛置身风景如画的江南，乘着一叶轻舟，随波逐流。间奏的长笛让听众感受到了江南的雅致，低声部鼓声的回响由近至远，让听众仿佛看到了江上缓缓而出的朝阳。乐曲余音袅袅，道出了白居易对江南无尽的怀念。

忆江南

〔唐〕白居易　词
樊文婷　曲

击壤◎歌

〔先秦〕佚名

日出而作◎，日入而息◎。

凿井而饮，耕田而食。

帝力于我何有哉◎！

注释 ◎**壤**：古代游戏用具。用木头做成，前面宽后面窄，形状像鞋子。人们游戏时，先把一个壤扔到三四十步远的地方，再用另一个壤击打它，击中者为赢家。◎**作**：劳作。◎**息**：休息。◎**帝力于我何有哉**：一作“帝何力于我哉”。帝力，尧帝的统治。何有，有什么（用）。

诗歌赏析

这首民谣收录在《乐府诗集》的“杂歌谣辞”里。

传说在尧帝时代，天下太平，百姓自食其力，无忧无虑。有一位八九十岁的老人，一边悠闲地做着“击壤”的游戏，一边唱出了这首民谣。

太阳出来了，人们就去耕田劳作；太阳下山了，人们就回到家中休息。凿出井来就有水喝，种了田就有饭吃。自给自足，自由自在，帝王的权力对我来说也没什么用啊！

这首民谣语言朴实，展现了原始农耕社会的真实面貌，也表现了劳动人民安适愉悦的生活状态。

作曲赏析

这是一首咏赞美好生活的民谣，风格淳朴自然。作曲家在编曲时巧妙运用了小提琴、中提琴、大提琴的滑音技巧，让弦乐各声部在转换时，听起来更加柔美动人。同时，整首曲子用钢琴弹奏和声，低音部分用康佳鼓敲击，让人仿佛听到了农人用锄头锄地的声音。整首歌曲展现出简朴、自由、安逸的田园生活般的画面。

击壤歌

〔先秦〕佚　名　词

樊文婷　曲

渔歌子◎

〔唐〕张志和

西塞山前◎白鹭飞，桃花流水鳜◎鱼肥。

青箬笠◎，绿蓑◎衣，斜风◎细雨不须◎归。

注释 ◎渔歌子：一作《渔父歌》。◎前：一作“边”。◎鳜（guì）鱼：生活在淡水中，有的地区也叫花鲫鱼，肉质鲜美。◎箬笠（ruò lì）：用竹叶、竹篾编的宽边帽子，用来遮雨和遮阳光。◎蓑（suō）衣：用草或棕毛制成的、披在身上的防雨用具。◎斜风：一作“春江”。◎不须：不一定要。

诗歌赏析

这首《渔歌子》收录在《乐府诗集》的“杂歌谣辞”里。

西塞山前，白鹭在水边自由自在地飞翔。鲜艳的桃花开了，春天的江水涨起来了，水里的鳜鱼长得正肥。渔夫头戴青色的斗笠，身披绿色的蓑衣，乘着船儿在江中垂钓。微风吹来了细细的雨丝，渔夫并不着急，他想：此时风景正好，着急回去做什么？

《渔歌子》生动地表现了渔夫悠闲自在的生活情趣，也寄托了作者爱自由、爱自然的情怀。

作曲赏析

竹笛吹出的悠扬旋律、扬琴清脆明快的伴奏和打击乐有节奏的敲击，将西塞的山、白鹭、桃花、流水、鳜鱼等景象一一送到听众的脑海中。接着，运用了弦乐的拨弦奏法，轻松活泼地勾画出了“青箬笠，绿蓑衣”的垂钓者。最后一句用优美抒情的声音唱出了一幅清雅的江上垂钓图，令人心驰神往。

渔歌子

〔唐〕张志和　词
樊文婷　曲

古朗月行

〔唐〕李白

小时不识月，呼作白玉盘。又疑瑶台镜，飞在青云端。
仙人垂两足，桂树何团团。白兔捣药成，问言与谁餐？
蟾蜍蚀圆影，大明夜已残。羿昔落九乌，天人清且安。
阴精此沦惑，去去不足观。忧来其如何，凄怆摧心肝。

注释 ◎**瑶台**：古人谓神仙居住的地方。◎**青云**：一作“白云”。◎**何**：一作“作”。◎**团团**：形容圆的样子。◎**蟾蜍**：传说月中有蟾蜍，因此古诗文常以“蟾蜍”指代月亮。◎**羿**：我国古代神话中射落九个太阳的英雄。◎**阴精**：月亮。◎**沦惑**：沉沦、迷惑。◎**去去**：远去，越去越远。◎**凄怆**：伤感、悲痛。凄，一作“恻”。

诗歌赏析

《朗月行》是乐府古题，李白采用这个题目，称《古朗月行》。这首诗收录在《乐府诗集》的“杂曲歌辞”里。

小时候，我不认识月亮。当那轮圆月挂在天上时，我把它称作白玉做的盘子。我甚至怀疑月亮是瑶台里仙人用的镜子，飞上了青云之间。月亮初升时，那月中的影子，像是一位仙人垂足闲坐。接着，似乎可以看见圆圆的桂花树。白兔把长生不老的药捣成了，它想把药送给谁吃呢？

突然，有一只蟾蜍啃食了月亮，皎洁的月光顿时变得暗淡了。后羿当年射落了九个太阳，使天上、人间都得到了清静与安宁。现在月亮被乌云遮住，失去了光彩，不值得继续欣赏了，不如趁早走开吧。心怀忧虑不忍一走了之，可我又能为月亮做些什么呢？伤感悲痛让我肝肠寸断。

这首诗化现实为幻景，想象奇妙，引人深思，表达了作者深沉的忧国忧民之情。

作曲赏析

这首曲子的前奏用了扬琴，韵律十足，为整首歌曲奠定了典雅的基调。女歌手用轻柔的嗓音，娓娓唱出一个关于月亮的故事。随着曲子的推进，歌者的情绪也发生了变化，在唱到“蟾蜍蚀圆影，大明夜已残”时到达高潮，歌声中透露着悲怆，唱出了诗人对现实的失望。

古朗月行

〔唐〕李　白　词
樊文婷　曲

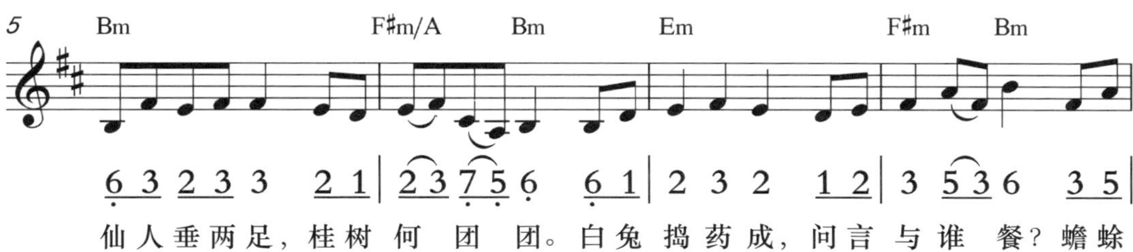

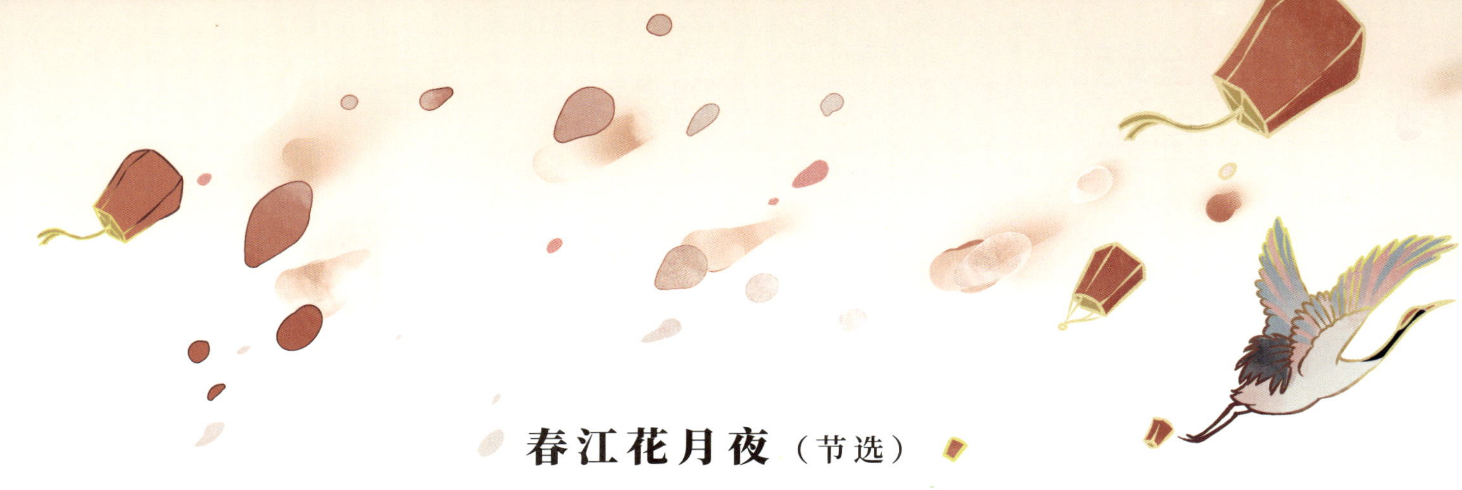

春江花月夜（节选）

〔唐〕张若虚

春江潮水连海平，海上明月共潮生。

滟滟随波千万里，何处春江无月明！

注释 ◎滟滟（yàn yàn）：波光荡漾的样子。◎里：一作“顷”。

诗歌赏析

这首诗收录在《乐府诗集》的“清商曲辞”里。

张若虚是初唐诗人，他的诗歌语言细腻清丽，音节和谐，极富情韵。但其诗歌在《全唐诗》里仅存两首，其中一首就是《春江花月夜》。这首诗因其高度的文学及艺术价值，为后人称颂不已，更有“孤篇盖全唐”的美誉。这里节选其中著名的几句以供欣赏。

春天的江潮水势浩渺，与大海连成一片，一轮明月从江上升起，好像与潮水一起涌出来一般。月光皎洁，投洒在江水上，随波闪耀。这辽阔大地上的春江，哪一处不在明月的照耀下啊！

这首诗开头几句，直接勾画出了一幅春江月夜的壮丽图画，让人心驰神往。

作曲赏析

作曲家在谱曲时节选了《春江花月夜》中广为传颂的几句，遵循古诗的格律，将歌曲设定为慢速，让人在虚静空灵的氛围中，体会江上月夜的曼妙美景。编曲在前奏第一小节巧妙引用了琵琶名曲《春江花月夜》的引子。琵琶连弹的三音，是为了向古曲致敬，也是让歌曲与古曲有内在的联系。古筝的揉弦让乐曲听起来更加柔和、圆润、细腻，小提琴的颤音让人仿佛听到了浩浩江水的波涌声。

春江花月夜（节选）

〔唐〕张若虚　词
樊文婷　曲

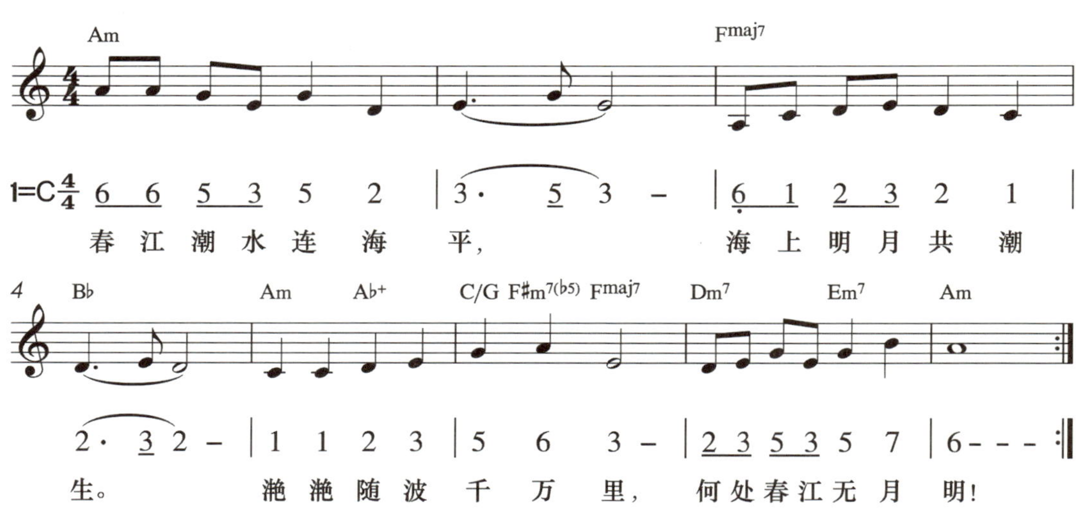

代悲白头翁◎（节选）

〔唐〕刘希夷

年年岁岁花相似，岁岁年年人不同。

寄言◎全盛红颜子◎，须◎怜◎半死白头翁◎。

注释 ◎代悲白头翁：一作《白头吟》。◎寄言：这里有奉劝的意思。寄，寄托，付托。◎红颜子：指年轻人。◎须：一作“应”。◎怜：怜悯；同情。◎白头翁：这里指老翁。

诗歌赏析

这是一首拟古乐府诗，收录在《乐府诗集》的“相和歌辞”里。这首诗构思别具一格，抒情婉转，从年轻人转到老翁，感叹青春易逝、人生无常。这里节选其中著名的几句以供欣赏。

年年岁岁，花开花落，它们如此相似，似乎从没有变过，但是看花的人却早已不同。

“年年岁岁花相似，岁岁年年人不同”是广为人知的名句。“年年岁岁”“岁岁年年”颠倒往复，突出了人们面对时光的流逝而无可奈何之感，也表达了作者对青春易逝、世事无常的慨叹。

作曲赏析

为了体现出诗的意境，作曲家用大提琴来贯穿全曲。太鼓一声声交替敲击鼓面与鼓边，勾起了人们在面对岁月流逝时那种悲凉与无奈之感，当小歌手朗诵结束后进入间奏时，开始转调，加之大提琴与弦乐团齐奏，将整首歌曲的情绪推入高潮。

代悲白头翁（节选）

〔唐〕刘希夷　词

樊文婷　曲

将进酒

〔唐〕李白

君不见黄河之水天上来，奔流到海不复回。
君不见高堂明镜悲白发，朝如青丝暮成雪。
人生得意须尽欢，莫使金樽空对月。
天生我材必有用，千金散尽还复来。
烹羊宰牛且为乐，会须一饮三百杯。
岑夫子，丹丘生，将进酒，杯莫停。
与君歌一曲，请君为我倾耳听。
钟鼓馔玉不足贵，但愿长醉不复醒。
古来圣贤皆寂寞，惟有饮者留其名。

陈王昔时宴平乐，斗酒十千恣欢谑。

主人何为言少钱，径须沽取对君酌。

五花马，千金裘，呼儿将出换美酒，与尔同销万古愁。

注释 ◎**将**（qiāng）：请。◎**君不见**：乐府诗中常用的一种套语。◎**会须**：犹言会当、该当，应当。◎**岑**（cén）**夫子**：指岑勋。◎**丹丘生**：元丹丘。岑勋和元丹丘均为李白的好友。◎**杯莫停**：一作“君莫停”。◎**倾耳听**：一作“侧耳听”。◎**馔**（zhuàn）**玉**：珍奇如玉的美食。◎**不复醒**：一作“不愿醒”。◎**陈王**：指曹植。◎**时**：一作“日”。◎**平乐**：东汉洛阳城宫观名。◎**恣**（zì）：放纵；无拘无束。◎**谑**（xuè）：开玩笑。◎**径须**：只管。◎**沽**：买。◎**五花马**：毛色斑驳的马。一说，剪马鬃为五簇，分成五个花纹，叫“五花”。◎**呼儿**：一说呼唤家中的小儿子，一说呼唤家中的僮仆。◎**销**：同“消”，消散。

诗歌赏析

这首诗收录在《乐府诗集》的“鼓吹曲辞”里。

《将进酒》是乐府诗题，大多为劝酒而唱的歌辞。据说当时李白与友人岑勋在另一位朋友元丹丘家做客，三人登高赏景，饮酒作诗。诗人借酒消愁，抒发自己内心的不满和愤激情绪。

你可见黄河之水汹涌澎湃，从天上倾泻而来，直奔向烟波浩渺的大海，一去不复回；你可见那时光飞逝，在高堂之上面对明镜，悲叹早晨的一头黑发，傍晚就变成了白雪般的银丝。

所以，我们应该在洒脱得意之时，尽情享受欢乐。千万不要让这华美的金杯空置无酒，白白辜负了这好月色。

每个人都有自己的价值，黄金千两就算一挥而尽，它也还是能够再得来。

让我们烹羊宰牛来庆祝眼前的欢乐。今天一定要痛痛快快地喝它三百杯。岑夫子，丹丘生，请端起你们手中的酒杯，千万不要停啊！让我为你们高歌一曲，你们仔细听好了。

这山珍海味的宴席有何珍贵？我只希望能在美酒中沉醉不再醒来。古往今来的圣人贤士都是寂寞的，只有那些寄情于美酒的人留下了他们的美名。

曹植曾经在平乐观摆宴畅饮，斗酒万千也不放在眼里，宾客们尽情欢娱。

主人啊，你为什么说钱不够呢？只管去拿酒来！让我们痛快畅饮！那五花良马，还有那价值千金的裘皮大衣，都拿出来！让小儿去换酒喝！咱们呀，就借这美酒来消除无穷无尽的忧

愁吧！

诗句中洋溢着豪迈的诗情和奔放雄快的感情激流，同时也饱含着诗人怀才不遇的苦闷和失落。

作曲赏析

这是一首著名的乐府长诗。为了体现诗歌的完整性，整首歌曲的旋律一气呵成。歌曲的编曲配器主要分为两层：第一层是以管弦乐为铺垫，展现出大气、豪迈的基调；第二层是以民乐、打击乐与太鼓为打底节奏，古琴与古筝为中声部，竹笛为高声部点缀。这种中西乐器的巧妙融合，使整首歌曲富有鲜明的层次感。歌曲共有三个变速，贴切地表达了诗人跌宕起伏的情绪变化。

将进酒

〔唐〕李　白　词

樊文婷　曲

A♭　Fm　D♭　E♭

1=♭A $\frac{4}{4}$ 3 2 3 i 6 5 3 | 5 6 1 – | 2 1 2 3 5 1 | 2 – – – |

君不见黄河之水天上来，奔流到海不复回。

5 A♭　Fm　D♭　E♭　A♭

3 2 3 i 6 5 3 | 5 6 1 – | 2 1 2 3 2 6 | 1 – – 1 2 |

君不见高堂明镜悲白发，朝如青丝暮成雪。人生

9 Fm　D♭

$\frac{2}{4}$ 3 2 3 5 | 5 3 2 | 3 2 3 6 | 6 5 6 | 5 6 i 6 | i 6 5 |

得意须尽欢，莫使金樽空对月。天生我材必有用，千金

15 E♭　Fm　Cm/E♭　D♭　Dm7(♭5)

6 5 3 3 5 | 2 3 2 | 3 5 5 3 | 5 6 5 | 6 i i 6 | i – |

散尽还复来。烹羊宰牛且为乐，会须一饮三百杯。

21
Cm Fm B♭m E♭ Fm Cm/E♭
岑夫子，丹丘生，将进酒，杯莫停。
27
D° B♭m Cm D♭ E♭ A♭ Fm
与君歌一曲，请君为我倾耳听。
钟鼓馔玉
陈王昔时
32
A♭ D♭ D°
不足贵，但愿长醉不复醒。
宴平乐，斗酒十千恣欢谑。
35
D♭ B♭m
1.
D° E♭
古来圣贤皆寂寞，惟有饮者留其名。
主人何为言少钱，

39
2.
E♭ A♭ Fm E♭
径须沽取对君酌。五花马，千金裘，
43
Fm E♭ Fm E♭ D°
呼儿将出换美酒，与尔同销万古愁。
47
D♭ E♭ A♭
Fine
D.C.
与尔同销万古愁。

卖炭翁（节选）

〔唐〕白居易

卖炭翁，伐薪烧炭南山中。
满面尘灰烟火色，两鬓苍苍十指黑。
卖炭得钱何所营？身上衣裳口中食。
可怜身上衣正单，心忧炭贱愿天寒。

注释 ◎**伐薪**：砍柴。◎**烟火色**：烟熏火燎的颜色。◎**苍苍**：灰白色，形容头发花白。◎**营**：谋求。◎**可怜**：使人怜悯。◎**愿**：盼望。

诗歌赏析

这首诗收录在《乐府诗集》的“新乐府辞”里。这里节选其中著名的几句供大家赏析。

有位卖炭的老翁，在城外南山里砍柴烧炭。他满脸都是灰尘，长时间的烟熏火燎使得皮肤已经变色。他两鬓灰白，十指因为整日烧制木炭，都被熏成了黑色。

辛苦卖炭得来的钱能干什么？他打算用这些钱去买衣服和果腹的食物。

他穿着单薄的衣衫，人冻得哆哆嗦嗦，心里却在担心自己的炭卖不出好价钱，一心盼望天气能够再冷一些，真是令人怜悯！

这首诗的全诗就像一个情节完整的故事，通过事件、人物外貌及其心理活动刻画出了一个勤劳、艰苦的卖炭老人的形象。这首诗表达了作者对下层劳动人民悲惨遭遇的深切同情，对封建社会不合理的制度进行了揭露和抨击。

作曲赏析

这首诗透露的悲悯情怀体现了白居易“文章合为时而著，歌诗合为事而作”的创作本心。作曲家直奔主题，用二胡与风声音效开篇，将情景带入到严寒冬日的街头。吉他与贝斯的拨弦，让故事画面缓缓展开，最终定格在街边孤独的卖炭翁身上。这首歌曲虽然配器不多，却将诗歌整体的凄凉感表现得淋漓尽致。小歌手的情绪表达也很到位，唱出了卖炭翁生活艰辛的无奈和心酸。

卖炭翁（节选）

〔唐〕白居易 词

樊文婷 曲

F　Dm

1=F $\frac{3}{4}$ 2 3 3 – | 3 0 0 | 2 3 5 3 2 3 | 3 – – |

卖 炭 翁， 伐 薪 烧 炭 南 山 中。

5　B♭　C　F　F7

2 3 5 6 2 1 | 3 2 2 – | 2 3 5 3 2 1 | 1 – – | 0 0 0 |

满 面 尘 灰 烟 火 色， 两 鬓 苍 苍 十 指 黑。

10　B♭　F/A

5 6 6 6 6 5 | 6 – – | 3 5 5 5 5 6 | 5 – – |

卖 炭 得 钱 何 所 营？ 身 上 衣 裳 口 中 食。

14　Gm　G　Gm　C　F

2 3 5 3 2 1 | 2 – – | 2 3 5 3 2 3 | 1 – – :‖

可 怜 身 上 衣 正 单， 心 忧 炭 贱 愿 天 寒。

大风歌◎

〔汉〕刘邦

大风起兮◎云飞扬，
威加海内◎兮归故乡。
安得◎猛士兮守四方◎。

注释 ◎**大风歌**：一作《大风起》。◎**兮**：古代诗辞赋中的语气助词，表停顿或感叹，相当于现代汉语的“啊”。◎**海内**：四海之内。古代传说我国疆土的四周有海环绕，故称国境以内为“海内”。◎**安得**：怎样得到。安，哪里，如何。◎**四方**：泛指天下各处，此处指代国家。

诗歌赏析

这首诗收录在《乐府诗集》的“琴曲歌辞”里。

这首诗歌篇幅极其短小，只有三句，但让人拍案叫绝，绝对称得上是诗歌中的佳作。这首诗是刘邦在平息淮南王英布之乱以后，班师回朝，途经故乡（沛县），宴请尊长、朋友和晚辈时，即兴而作。

大风刮起来了，云随着风翻涌。我平定天下，荣归故里。怎样才能得到猛士来守卫国家呢？

打江山难，守江山更难！该去哪里挑选勇士来巩固自己的大好河山？勇士是否愿意为自己所用呢？这也是刘邦作为皇帝深深的忧思。

作曲赏析

这是一首气势磅礴的帝王之歌，整首歌曲虽然只有三句，但缓慢而稳重的四四拍节奏，长线条的旋律，使歌曲听起来庄重而深沉。一声号角声吹响了秦末群雄竞逐天下的场面。太鼓急切地敲击着鼓面，不停重复的小调主音与呐喊声，营造出一种压抑、焦灼的氛围，似乎是在诉说刘邦为怎么固守山河伤怀。歌曲在间奏时，用音乐给出一个隐含的回应——圆号的阵阵吹奏，引出了将士们的呐喊声，仿佛在说：“主君！我们在这里！”

大风歌

〔汉〕刘 邦 词
樊文婷 曲

Am

1=C 4/4 2 | 3 – – 6̣ | 3 – – 2 5 | 3 – – – | 3 – – 5 |

大 风 起 兮 云 飞 扬， 威

F E(sus4) E

6 – – 2 5 | 3 – – 2 2 | 3 – – – | 3 – 0 0 |

加 海 内 兮 归 故 乡。

Dm Em Am

2 2 2 3 3 | 3 – – 3̣ 1 | 6̣ – – :‖

安 得 猛 士 兮 守 四 方。

垓下歌◎

〔楚〕项羽◎

力拔山兮气盖世，
时不利兮骓不逝。
骓不逝兮可奈何◎，
虞兮虞兮奈若◎何！

注释 ◎**垓下歌**：一作《力拔山操》。◎**项羽**：名籍，字羽。◎**奈何**：意思跟“怎么办”相似，用于反问或否定句式，表示没有办法。◎**若**：你，这里指虞姬。

诗歌赏析

这首诗收录在《乐府诗集》的“琴曲歌辞”里。

诗歌发生的背景是项羽军队被刘邦大军围困于垓下。当时，正值夜半，项羽听到四面汉军唱着楚歌，以为此地已经被汉军攻下，面对骏马和爱妾，回想自己的一生，项羽不禁悲从中来，唱出了这首哀歌。

我的力量拔得起雄伟的高山，英雄气魄胜得过天下的群雄。可是现在时局对我很不利，那乌骓马不肯前行，我能怎么办呢？虞姬啊虞姬，我现在该怎么安置你呢？

作曲赏析

这是一首描写项羽被刘邦围困在垓下、英雄末路的悲歌。琵琶名曲《十面埋伏》讲的也是这段历史典故，这首歌曲巧妙引用了琵琶名曲的扫弦部分作为引子，将听众一下子带进故事的情景当中。弦乐悠扬的旋律与圆号浑厚的长音融合在一起，将项羽面对绝境的悲叹、对虞姬的难舍难分之情表达得精准而到位。

垓下歌

〔楚〕项　羽　词

樊文婷　曲

Am　　　D　　　F

1=C $\frac{4}{4}$ 6 5 3 1 1 2 3 | 2 - - - | 1 6 7 1 1 2 3 |

力拔山兮气盖世，时不利兮骓不

4 E　　Am　　D

3 - - - | 6 5 3 1 1 2 3 | 2 - - 6 |

逝。骓不逝兮可奈何，虞

7 F　　G　　Am

1 - - 1 | 2 - 2 7 5 | 6 - - - :||

兮虞兮奈若何！

敕勒◎歌

北朝民歌

敕勒川◎，阴山◎下，
天似穹庐◎，笼盖四野。
天苍苍◎，野茫茫◎，
风吹草低见◎牛羊。

注释 ◎**敕勒**：北方的一个游牧民族。◎**川**：平野；平地。◎**阴山**：在今内蒙古自治区中部及河北省北部，由狼山、乌拉山等山脉组成。◎**穹庐**：游牧民族居住的毡帐。◎**苍苍**：深青色。◎**茫茫**：辽阔；深远。◎**见**：同“现”，显现。

诗歌赏析

这首民歌收录在《乐府诗集》的“杂歌谣辞”里。

敕勒川在那连绵起伏的阴山脚下。天空仿佛一顶圆顶帐篷，笼罩着原野。天空苍茫高远，草原丰茂辽阔。微风吹过，草浪起伏，那隐没于草丛中的牛羊就显现出来了。

这首民歌描绘了草原壮阔的风光，形象生动地写出了这里水草丰茂、牛羊肥壮的景象。同时也让我们心生向往，渴望像敕勒人一样，骑着骏马，扬着马鞭，在大草原上尽情奔驰、纵情高歌。

作曲赏析

歌曲体现出浓郁的蒙古族音乐风情，配乐采用了蒙古族的长调，配器用了弓胡：长调悠远抒情、宛如天籁，是描绘草原特色的基础元素；弓胡是游牧民族濒临失传的口弦类敲击乐器。歌手在唱法上也独居匠心，比如唱到“野”“羊”时，加入了修饰的尾音，使其具有草原气息。

敕勒歌

北朝民歌

樊文婷 曲

木兰辞（节选）

北朝民歌

唧唧复唧唧，木兰当户织。不闻机杼声，唯闻女叹息。

问女何所思，问女何所忆。女亦无所思，女亦无所忆。

昨夜见军帖，可汗大点兵。军书十二卷，卷卷有爷名。

阿爷无大儿，木兰无长兄。愿为市鞍马，从此替爷征。

注释 ◎**唧唧**：一说纺织机的声音，一说叹息声。◎**机杼（zhù）声**：织布机发出的声音。杼，织布的梭子。◎**忆**：思念，惦记。◎**军帖（tiě）**：军中的文告。◎**可汗**：我国古代西北地区民族对最高统治者的称呼。◎**阿爷**：指父亲。◎**市**：买。◎**鞍马**：泛指马和马具。

诗歌赏析

这是一首北朝长篇叙事民歌，收录在《乐府诗集》的“横吹曲辞”里。这里节选其中著名的几句供大家赏析。

叹息声一声接着一声传出，木兰姑娘对着门在织布。听不见织布机织布的声音，只听到木兰在叹息。木兰，你在想什么呢？木兰，你在惦记什么呢？木兰回答说什么也没想，也没有在惦记什么。昨夜，她见到了军中的文告，可汗在大规模地征兵，征兵的文册有那么多卷，其中有父亲的名字。可是，父亲没有长大成人的儿子，木兰（我）没有兄长。愿意为（此）去买马匹、马具，代替父亲去出征。

这首诗的全诗生动地记述了木兰从女扮男装、代父从军，到征战沙场、凯旋回朝，最后辞官还家、回归女儿本色的故事，塑造了木兰这个传奇动人、忠孝两全的形象，对后世文学产生了很大的影响。

作曲赏析

编曲开始将竖琴与合声器相融合，接着，吉他与贝斯进入，小歌手开始轻轻吟唱，仿佛在诉说木兰的心事，“问女何所思，问女何所忆”这两句达到了依字行腔的效果。从木兰开始思考如何解决父亲的困境时，音乐跟着改变，大鼓沉重而缓慢地敲击，弦乐不停在高声部模进，表达出了木兰的困惑。最后，弦乐一个上扬的旋律，鼓声与滚镲给出了答案：木兰决定替父出征。整首音乐把木兰的心路历程和情绪变化表现得恰如其分。

木兰辞（节选）

北朝民歌

樊文婷　曲

Bm　E/B　Em/B

1=D $\frac{4}{4}$ 3 3 2 3 3 2 1 | 2 3 2 – 6 7 | 1 3 2 – 1 6 |

唧 唧 复 唧 唧，木 兰 当 户 织。不 闻 机 杼 声，唯 闻

4 Bm　E/B

6 1 6 – – | 3 6 1 6 3 3 6 | 1 6 3 2 2 6 3 |

女 叹 息。问 女 何 所 思，问 女 何 所 忆。女 亦

7 G　Em　F♯

2 6 3 6 3 2 6 | 3 – – 3 2 | 3 0 3 5 |

无 所 思，女 亦 无 所 忆。昨 夜

10 G　A　Bm

3 2 6 0 3 2 | 7 6 7 0 1 7 | 7 1 1 0 2 1 |

见 军 帖，可 汗 大 点 兵。军 书 十 二 卷，卷 卷

13
F♯ G A
2 3 3 3 5 | 5 6 3 0 6 5 | 3 1 2 0 3 2 |
有 爷 名。阿 爷 无 大 儿， 木 兰 无 长 兄。 愿 为
16
E G A Bm
7 1 6 - - | 6 0 1 7 7 1 | 6 0 0 0 :||
市 鞍 马， 从 此 替 爷 征。

长歌行

汉乐府

青青园中葵，朝露待°日晞°。
阳春°布德泽°，万物生光辉。
常恐秋节至，焜黄°华叶°衰。
百川东到海，何时复西归？
少壮不努力，老大徒°伤悲。

注释 ◎**待**：一作“行”。◎**晞**：晒干。◎**阳春**：温暖的春天。◎**布德泽**：施予恩惠。◎**焜（kūn）黄**：枯黄的样子。◎**华（huā）叶**：指花朵与叶子。华，通“花”。叶，一作“蕊”。◎**徒**：白白地。

诗歌赏析

这首诗收录在《乐府诗集》的“相和歌辞”里。

园子里长满了绿油油的葵菜，叶子上布满了晶莹的露珠，太阳出来后叶子上的露珠就被晒干了。温暖的春天给大地施予了恩惠，万物生长，欣欣向荣。人们常常担心秋天到来，树叶枯黄，花朵和叶子都会衰败。江河向东流入了大海，它们什么时候才能再向西流回来？人如果年少时不努力向上，等到年老头发花白，只能白白地悲伤叹息了。

这首诗告诉我们：只有珍惜时光、珍爱生命、奋发努力，才能使生命更有价值，生活更有意义。

作曲赏析

这首歌以大提琴的拨弦、长笛高音的吹奏与钢片琴清亮的音色为引子，节奏轻轻跳跃，灵动地展现了春光下万物生机勃勃的景象。歌曲在“少壮不努力，老大徒伤悲”的高潮部分，采用上行复旋律和声，将歌曲推上了新境界。整首歌采用了“一字一音”的唱法，便于大家记忆和哼唱。

长歌行

汉乐府

樊文婷　曲

C　Em　Am　Em/G

1=C 2/4 5 5 5 6 | 5 – | 6 5 3 6 | 5 – | 6 i | 6 5 3 |

青 青 园 中 葵， 朝 露 待 日 晞。 阳 春 布 德 泽，

常 恐 秋 节 至， 焜 黄 华 叶 衰。 百 川 东 到 海，

7 F　G　Dm　G　C

1. 2 1 2 3 | 5 – :‖ 2. 2 3· | 5 3 2 | 1 – | 0 i 7 |

万 物 生 光 辉。 何 时 复 西 归？ 少 壮

13 F　C/E　Dm　G　Dm　G　C

‖: 6 3 | 5 6 5 | 1. 3 1 | 2 i 7 :‖ 2. 3 – | 2 – | 1 – ‖

Fine

D.C.

不 努 力，老 大 徒 伤 悲。少 壮 徒 伤 悲。

观沧海

〔汉〕曹操

东临碣石，以观沧海。
水何澹澹，山岛竦峙。
树木丛生，百草丰茂。
秋风萧瑟，洪波涌起。
日月之行，若出其中；
星汉灿烂，若出其里。
幸甚至哉，歌以咏志。

注释 ◎**临**：登上。◎**碣**（jié）**石**：山名。在今河北昌黎西北。◎**澹澹**（dàn dàn）：水波荡漾的样子。◎**竦峙**（sǒng zhì）：耸立。◎**萧瑟**：形容树木被风吹拂发出的声音。◎**若**：好像。◎**甚**：很；极。◎**咏**：一作“言”。

诗歌赏析

这首诗收录在《乐府诗集》的“舞曲歌辞”里。

曹操是东汉末期杰出的政治家、军事家、诗人。建安十二年（207）秋天，曹操出兵征讨当时的少数民族乌桓时曾路经河北省的碣石山，故在此登山望海，写下了这首《观沧海》。

我登上碣石山，放眼远望大海。海水浩渺，山岛高耸挺立。山岛上树木繁茂，百草丰美。树木在秋风中发出萧瑟声，海面上翻腾起巨大的波浪。太阳和月亮的运行，仿佛是出自这浩瀚的海洋。银河星光灿烂，好像是从这浩渺的海洋中产生的。我非常庆幸能观赏到如此震撼人心的景象，就用这首诗歌来表达内心的志向吧。

这首诗意境开阔，气势雄浑，表达了诗人想要建功立业的壮志雄图，展现了诗人宽广的胸襟。

作曲赏析

乐曲开端的海浪声让人瞬间身临其境。古筝的独奏为引子，紧接着一个下行刮奏带出了电吉他与爵士鼓等乐器，犹如镜头从沧海的一块小石头上慢慢升高，最终让我们看到了沧海壮阔的全貌。这首歌曲的配器选择了传统古风音乐中很少出现的电声吉他，用电声吉他硬朗而具有爆发力的音色来表现曹操的笃定与英雄气概。这也是古风与现代音乐的一次碰撞。

观沧海

〔汉〕曹　操　词

樊文婷　曲

Bm　D　E

1=D $\frac{3}{4}$ 3 2 3 | 3 – 2 3 | 5 – – | 1 – – | 6̣ 3 2 | 2 – 1 6̣ |

东 临 碣 石，以 观 沧 海。水 何 澹 澹，山 岛

7　G　F♯　Bm　D

1 – – | 7̣ – – | 3 2 3 | 3 – 2 3 | 5 – – | 1 – – |

竦 峙。树 木 丛 生，百 草 丰 茂。

13　E　G　A　Bm

2 1 3 | 3 2 – | 2 – – | 3 5 6 | 6 0 0 | 0 0 0 |

秋 风 萧 瑟，洪 波 涌 起。

日月之行，若出其中；星汉灿烂，若出
其里。幸甚至哉，歌以咏
志。幸甚至哉，歌以咏志。

短歌行

〔汉〕曹操

对酒当歌，人生几何！譬如朝露，去日苦多。慨当以慷，忧思难忘。何以解忧？唯有杜康。青青子衿，悠悠我心。但为君故，沉吟至今。呦呦鹿鸣，食野之苹。我有嘉宾，鼓瑟吹笙。明明如月，何时可掇？忧从中来，不可断绝。越陌度阡，枉用相存。契阔谈谯，心念旧恩。月明星稀，乌鹊南飞。绕树三匝，何枝可依？山不厌高，海不厌深。周公吐哺，天下归心。

注释 ◎**几何**：多少。◎**去日**：过去的日子。◎**苦**：苦于。◎**慨当以慷**：即“慷慨”，这里指宴会上的歌声激昂慷慨。◎**杜康**：相传是最早造酒的人。这里代指酒。◎**子衿**（jīn）：子，对对方的尊称；衿，衣服的交领。◎**悠悠**：长远的样子，形容思虑连绵不断。◎**沉吟**：沉思吟味。这里指思念和倾慕贤人。◎**呦呦**：鹿鸣声。◎**掇**（duō）：拾取，摘取。一说同“辍”，停止。◎**陌**：东西向的田间小路。◎**阡**：南北向的田间小路。◎**枉用相存**：屈驾来访。枉，这里是枉驾的意思。◎**契阔谈谯**：久别重逢，欢快畅饮。谯：同“宴”。◎**匝**：周，圈。◎**厌**：满足。◎**海**：一作“水”。◎**吐哺**：吐出嘴里的食物。

诗歌赏析

这首诗收录在《乐府诗集》的“相和歌辞”里。东汉末年，天下大乱。曹操以这首诗表达了其真挚的情感，既有对人生短暂的感叹，也有对贤才归附的渴盼，更有想要安定天下的宏愿。

我一边饮酒一边高歌，人生岁月能有多少啊！它就像早晨的露珠，转瞬即逝。我常常感叹逝去的时光实在太多了。宴会上歌声激越昂扬，我心中的忧愁难以遗忘。拿什么来排忧解闷呢？也许只有这美酒。那些有才华的人啊，你们让我朝夕牵挂。只是因为你们的缘故，沉思吟想不能忘怀。鹿儿在呦呦地鸣叫着，啃食着原野上的艾蒿。一旦四方贤才光临舍下，我将奏瑟吹笙宴请你们。天上的月亮光明皎洁，我什么时候才能把它摘下来？我渴求贤才的心情永远不会消除。远方宾客穿越纵横交错的田间小路，屈驾前来探望我。我们久别重逢，欢聚宴饮，重温旧日的情谊。月光明亮，星辰稀疏，一群寻找栖息之所的乌鹊向南飞去。它们绕着树飞了一圈又一圈，哪一根枝干才能依靠、栖息呢？高山之所以那样高大巍峨，是因为不拒绝任何一块土石。大海之所以那样辽远壮阔，是因为不拒绝任何一条细流。我愿意像周公一般礼贤下士，望天下贤才归顺于我。

作曲赏析

这首诗歌的音乐分为两个部分。首先是从开头慢慢推进，直至上行模进三遍的“我有嘉宾”，表现出曹操渴盼贤才的急切心情，而后唱出的“鼓瑟吹笙”，达到第一个小高潮。紧接着，画面转向天空的明月，音乐也随之转调，结构、节奏都与前一部分衔接，但情绪更为急切。从“山不厌高，海不厌深”开始，音乐不断积蓄能量，直到第二个高潮前下行模进三遍的“周公吐哺”，表现出曹操求贤若渴的真诚。最后，高八度处理的“天下归心”，表达了曹操统一天下的雄心。

短歌行

〔汉〕曹　操　词

樊文婷　曲

Bm　E　G　Em

1=D $\frac{3}{4}$ 3 6 3 | 3 - - | 2 3 6 | 1 - - | 2 1 3 | 3 2 - |

对酒当歌，人生几何！譬如朝露，

7 F♯　Bm　E

2 2 1 | 3 - - | 6 3 2 | 5 - - | 6 6 5 6 5 | ♮4 - - |

去日苦多。慨当以慷，忧思难忘。

13 G　A　Bm

3 2 6 | 3 - - | 2 3 - | 3 - 5 | 6 0 0 | 0 0 0 |

何以解忧？唯有杜康。

19 Gmaj7　F♯m7　Em7　Dmaj7

3 3 6 3 | 2 2 5 2 | 1 7 1 1 | 2 1 2 3 |

青青子衿，悠悠我心。但为君故，沉吟至今。

23 Gmaj7 F♯m7 E7
3 3 5 6 | 2 1 2 2 | 1 7 1 1 | 3 2 3 3 |
呦呦鹿鸣，食野之苹。我有嘉宾，我有嘉宾，
27 Bm Am
6 5 6 6 | 6· 3 5 6 | 6 0 0 || 1=C 3 3 5 |
我有嘉宾，鼓瑟吹笙。明明如
31 D Am Fmaj7 B♭
6 – – | ♯4 3 2 | 3 – – | 3 1 3 | 2 – – |
月，何时可掇？忧从中来，
36 E Am D Am
3 3 2 | 3 – – | 3 3 5 | 6 – – | ♯4 5 4 | 3 – – |
不可断绝。越陌度阡，枉用相存。

42
Fmaj7 B♭ E Am F
3 1 3 | 2 - - | 3 2 1 | 6 - - | 0 0 0 | 1 7 1 5 |
契 阔 谈 讌， 心 念 旧 恩。 月 明 星 稀，
48
G Am D F G
3 2 3 7 | i 7 6 3 | 2 3 6 3 | 1 7 1 5 | 3 2 3 7 |
乌 鹊 南 飞。绕 树 三 匝，何 枝 可 依？山 不 厌 高，海 不 厌 深。
53
Am D Fmaj7 G Am
i 7 6 3 3 | 6 5 #4 2 2 | 3 2 1 6 6 | i 7 5 | 6 0 0 :||
周 公 吐 哺， 周 公 吐 哺， 周 公 吐 哺， 天 下 归 心。

十五从军征

〔汉〕佚名

十五从军征，八十始得归。道逢乡里人，家中有阿谁？

遥看是君家，松柏冢累累。兔从狗窦入，雉从梁上飞。

中庭生旅谷，井上生旅葵。舂谷持作饭，采葵持作羹。

羹饭一时熟，不知饴阿谁。出门东向看，泪落沾我衣。

注释 ◎阿（ā）：前缀，用在某些称谓或代词之前。◎遥看：一作“遥望”。◎冢（zhǒng）：坟墓。◎累累：众多的样子。◎狗窦（dòu）：给狗出入的墙洞。◎雉（zhì）：野鸡。◎旅：植物未经播种而野生。◎舂（chōng）谷：用杵臼捣去谷物的皮壳。◎持：拿。◎羹：通常用蒸、煮等方法做成的糊状食物。◎饴：同“贻”，赠送。

诗歌赏析

这首诗收录在《乐府诗集》的“横吹曲辞”里。

诗中的主人公十五岁从军，老年回乡，回到家中才知道庭院荒芜杂乱，早已人去屋空。

我在十五岁时就去参军打仗了，到了八十岁才归来。在回家的路上碰到了同乡，向他询问我家里还有什么人。他指着远处，说：“你家已是松柏林中一个个的坟堆了。”

我向前走近，只见野兔子正从狗洞里出入，野鸡在房梁上飞来飞去。庭院中长满野生的谷物，井台边长满了野葵。我捣掉野谷壳来做饭，又采来野葵煮汤。汤饭很快就做好了，我却不知道送给谁吃。走出大门向东张望，我不禁泪湿衣衫。

一个风尘仆仆的老人，站在曾经家人围坐、灯火可亲，盼望了六十五年却空无一人的家中，这种情境，令人感伤，催人泪下。

作曲赏析

这是一首描写战争伤痛的哀婉之歌。歌曲的配器整体上以四声部弦乐为主，推动音乐情绪不断上升。此外，古筝和琵琶在中声部做点缀，大鼓与贝斯为低声部。大提琴低沉的旋律似乎让我们看到了一个苍老的老人无人陪伴的悲凉、辛酸、无奈、孤独和茫然。

十五从军征

〔汉〕佚　名　词

樊文婷　曲

Gm　Dm

1=♭B $\frac{2}{4}$ 3 3 5 6 | 6· 7 | 6 5 3 2 | 3 – |

十五从军征，八十始得归。

5 E♭　A♭　D

3 5 3 1 | 2 – | 3 3 2 3 | 3 – |

道逢乡里人，家中有阿谁？

9 Gm　Dm

3 3 5 6 | 6· 7 | 6 5 3 2 | 3 – |

遥看是君家，松柏冢累累。

13 Cm　Dm7　E♭　F　Gm

3 2 1 3 | 2· 3 | 5 3 5 6 | 6 – |

兔从狗窦入，雉从梁上飞。

17
E♭ F Gm
中庭生旅谷，井上生旅
23
E♭ F Gm
葵。春谷持作饭，采葵持作羹。羹饭
28
E♭ F Gm C
一时熟，不知饴阿谁。
32
E♭ F Cm Dm Gm
出门东向看，泪落沾我衣。

行路难（其一）

〔唐〕李白

金樽清酒斗十千，玉盘珍羞直万钱。
停杯投箸不能食，拔剑四顾心茫然。
欲渡黄河冰塞川，将登太行雪满山。
闲来垂钓碧溪上，忽复乘舟梦日边。
行路难，行路难，多歧路，今安在？
长风破浪会有时，直挂云帆济沧海。

注释 ◎**珍羞**：珍贵的菜肴。羞，同“馐”，美食。◎**直**：同“值”，价值。◎**投箸**：丢下筷子。箸，筷子。◎**茫然**：失意的样子。◎**雪满山**：一作“雪暗天”。◎**垂钓碧溪上**：暗用姜太公钓鱼的典故。“碧溪”一作“坐溪”。◎**乘舟梦日边**：暗用伊尹受商汤重用的典故。◎**今**：一作“道”。◎**长风破浪**：比喻实现远大理想。◎**济**：渡。

诗歌赏析

这首诗收录在《乐府诗集》的“杂曲歌辞”里。

李白才华横溢，怀揣着一颗治世之心。然而，当他奉诏入宫后，发现皇帝并不想重用他，只是让他作一些行乐的诗点缀升平，这让他倍感失落。他因性格狂放不羁，得罪了不少权贵，受到排挤。两年后，他被“赐金放还”，满腔愤慨地写下了三首《行路难》。这是其中之一。

金杯里装满清醇可口的美酒，一斗就值十千钱。玉盘中盛着精美的菜肴，价值万钱。我端起酒杯又放下，拿起筷子又丢下，毫无胃口。我拔剑环顾四周，心里一片茫然。

想要渡过黄河，黄河却已被冰雪堵塞。想登上太行山，大山却已被大雪封住！当年姜尚在溪水边垂钓，闲待明君。伊尹受赏识前曾梦里乘舟路过太阳边。这世上的路，多么难行，多么难行啊！这么多岔路，如今身在何处？总有一天，我能驾船，挂起高帆，乘着风浪在沧海上勇敢前行！

作曲赏析

整首歌曲用沉着有力的太鼓与贝斯拨弦音色，将一个“难”字凸显了出来。歌曲引子，使用了二胡的一个长音，来渲染悲愤的气氛；用贝斯一声声短促的拨弦，表达出诗人的郁闷之情。随之而来的弦乐给歌曲定下了愤慨的情绪基调。主歌部分一直诉说着诗人内心的苦闷与彷徨，到了副歌部分，情绪开始发生变化，前两句运用了长音抒发“行路难”，后半部分的声音越发高亢激昂，如海浪般，携带着诗人的倔强、自信一涌而出。

行路难（其一）

〔唐〕李　白　词

樊文婷　曲

Bm　F♯m/A　E/G♯　G

1=D $\frac{4}{4}$ 3 3 3 6 1 2 | 3 - - - | 2 2 2 3 2 1 7 | 6 - - - |

金樽清酒斗十千，玉盘珍羞直万钱。

Em7　Bm　F♯m/A　G♯m7(♭5)　C　C♯°　F♯

1 1 0 1 2 | 3 5 3 - | 2 2 2 3 4 2 | 3 - - - |

停杯投箸不能食，拔剑四顾心茫然。

Bm　F♯m/A　E/G♯　G

3 3 3 2 3 5 | 3 - - - | 2 2 2 3 2 1 7 | 6 - - - |

欲渡黄河冰塞川，将登太行雪满山。

Em7　Bm　E　F♯

1 1 0 1 2 | 3 5 3 - | ♯4 4 4 5 4 3 2 | 3 - - - |

闲来垂钓碧溪上，忽复乘舟梦日边。

17
G
D
E
3 - - 3 5 | 6 - - 3 5 | 6 5 - 3 5 | 6 - 6 #4 2 |
行路难，行路难，多歧路，今安
21
F#
G
D
E
3 - - 3 5 | 6 6 - 6 3 | 5 - - 2 1 | 2 2 2 - #4 3 |
在？长风破浪会有时，直挂云帆直挂
25
F#
Bm
#4 4 4 - 6 5 | 6 6 6 - - | 6 0 i 7 | 6 0 0 0 :||
云帆直挂云帆济沧海。

蜀道难（节选）

〔唐〕李白

蜀道之难，难于上青天，使人听此凋朱颜！连峰去天不盈尺，枯松倒挂倚绝壁。飞湍瀑流争喧豗，砯崖转石万壑雷。其险也若此，嗟尔远道之人胡为乎来哉！

剑阁峥嵘而崔嵬，一夫当关，万夫莫开。所守或匪亲，化为狼与豺。朝避猛虎，夕避长蛇，磨牙吮血，杀人如麻。锦城虽云乐，不如早还家。蜀道之难，难于上青天，侧身西望长咨嗟！

注释 ◎**凋朱颜**：此处是吓得脸变色之意。凋，使动用法，使……凋谢，指脸色由红润变成铁青。◎**去**：距离。◎**盈**：满。◎**喧豗**（huī）：喧闹声。这里指急流和瀑布发出的巨大响声。◎**砯**（pīng）：水撞击石壁发出的响声。◎**转**：使翻滚，翻转。◎**若此**：一作“如此”。◎**嗟**（jiē）：叹惋之辞。◎**剑阁**：指今四川剑阁县北的大剑山和小剑山，群峰如剑插天，两山如门，极为险要。◎**峥嵘**（zhēng róng）：高峻的样子。◎**崔嵬**（cuī wéi）：高大、高峻。◎**当**：阻挡；抵挡。◎**所守**：这里指看守的人。◎**吮**（shǔn）：吮吸。◎**锦城**：成都的别名。◎**咨**（zī）**嗟**：叹息。

诗歌赏析

蜀地一带景色奇特，行走在蜀道间，就如同行走在奇境险地之中。这首诗收录在《乐府诗集》的“相和歌辞”里，是李白的代表作之一。这里节选其中著名的几句供大家赏析。

蜀道真是太难走了，简直比上青天还要难！让人一听脸色都变了。山峰一个连着一个，离天还不到一尺，枯松倒挂着倚贴在悬崖绝壁上。瀑布打着漩涡争相喧闹着倾泻下来，飞流撞击着巨石，发出雷鸣般的响声，回荡在千山万壑中。唉，这里如此危险，你这个远道而来的客人，为什么还要来呢？

剑阁一带，山势高大险峻，直耸入云。只要有一人把守关口，千军万马也难以攻下。镇守的人倘若不是亲信，他们就会像豺狼一样在此作乱。日夜都要躲避提防猛虎和长蛇。它们磨利牙齿，吮吸鲜血，杀人如麻。锦官城虽然会给人带来快乐，但要通过如此险恶的地段，还不如早早地返回家乡。蜀道真是太难走了，简直比上青天还要难啊！侧着身体向西远望，令人感慨叹息！

这首诗沿用乐府古题，将想象、夸张和对比融为一体，表现了蜀道险峻、奇绝的地势形态。诗中流露出作者对国事的担忧和关切。

作曲赏析

这是一首电子乐风格的歌曲，旋律一气呵成，节奏铿锵有力，古典音乐与现代音乐完美结合，民族乐器与西洋乐器并存，令人耳目一新。歌曲选用的配器很丰富，有电子鼓、电吉他、西洋管弦乐、戏曲打击乐等。电吉他的琶音运用小二度营造出紧张感，琶音的六连音节奏型制造出蜀道之艰险的感觉。主歌部分运用切分节奏来表现情绪的起伏，副歌部分用电子鼓硬朗的音质来表达作者的劝诫之意。

蜀道难（节选）

〔唐〕李　白　词
樊文婷　曲

Am　G　Am　F　G　Am

1=C $\frac{2}{4}$ 2 3 2 3 2 1 | 2 5 3 6 7 | 1 6 7 1 | 6 – |

蜀道之难，难于上青天，使人听此凋朱颜！

5 G　F　G　C

2 3 2 3· 3 | 5 2 0 1 7 | 1 7 1 2 | 3· 3 5 |

连峰去天不盈尺，枯松倒挂倚绝壁。飞湍

9 F　G　Am　F♯m7(♭5)

6 6 6· 6 | 5 2 2 1 7 | 1 7 1 5 | 3· 6 7 |

瀑流争喧豗，砯崖转石万壑雷。其险

13 F　G　Em　Am

1 3 2 6 7 | 1 3 5 3 | 7 5 5 3 | 6 – | 0 0 |

也若此，嗟尔远道之人胡为乎来哉！

18
F
G
Em
Am
剑阁峥嵘而崔嵬，一夫当关，万夫莫开。
22
F
G
C
F
所守或匪亲，化为狼与豺。朝避猛虎，
27
G
Em
Am
Dm
Em
夕避长蛇，磨牙吮血，杀人如麻。锦城虽云乐，不如
32
F
G
Dm
早还家。蜀道之难，难于
37
Em
G
Am
上青天，侧身西望长咨嗟！